LE LIVRE ROUGE

Sandrine Canart Batany

LE LIVRE ROUGE

Illustrations de Sarah Batany

Bois gravé de Gérard Pons

Participation de Laure Couzier

Editions Terre à Terre

ISBN : 9798845965493

Le Castellet 2022

A tous mes enfants
et petits-enfants que j'aime tant…
Osez rêver…
Autorisez-vous à aller au bout de vos rêves,
de vos envies,
de vos ressentis,
on est libre que de cela !

Chapitre 1

La pluie martelait avec régularité les pavés de la petite rue piétonne en ce lundi matin pluvieux.
Jeanne regarda par la fenêtre l'eau couler du toit pour finalement s'échapper par la grille noire de l'égout.
Baguera sa chatte, assise sur l'accoudoir du fauteuil se passa la patte derrière l'oreille une nouvelle fois !

— D'après toi Baghera, la pluie va durer encore longtemps ? Demanda Jeanne pensive.

Elle sourit devant le flegme légendaire de son petit félin.
— Eh bien ! Il ne faut pas désespérer dans le sud le mauvais temps ne dure jamais bien longtemps.
S'exclama-t-elle.

Jeanne habitait une toute petite maison dans le village médiéval du Castellet, un charmant hameau piéton qui, du haut de son promontoire rocheux opposait ses remparts à la baie bleutée de la Ciotat. Un lieu paisible ou subsistait avec joie les vestiges du temps passé.

On peut admirer de là-haut le vignoble de Bandol où les pieds de vignes centenaires côtoient les champs de lavandes odorantes. En été, alors que les fleurs sauvages, coquelicots et herbes folles enjambent allègrement les murets de pierres sèches qui arrêtent le feu, on comprend quand le mistral souffle son haleine torride combien l'ombre d'un pin, d'un cèdre ou d'un palmier est importante. D'un autre côté, la Sainte Baume s'étale comme un ruban volumineux qui protège et qui isole. Au loin la mer touche le ciel et se confond en un bleu paisible le plus souvent, mais aujourd'hui en regardant par-là, Jeanne ne voit que du gris brumeux qui n'engage à rien...

— Un jour le soleil reviendra et les enfants joueront dans la rue, les jonquilles fleuriront la jardinière de la fenêtre et les mimosas distilleront leur parfum aux alentours... Dit Jeanne pensive.

Mais le temps lui semblait bien long, elle qui avait envie d'une chose... partir... Voyager... rencontrer d'autres peuples et voir d'autres contrées...
Toute sa vie durant elle avait travaillé dans une librairie et avait, grâce à tous les livres qu'elle avait lus, appris et imaginés...
Elle en savait bien plus que le commun des mortels sur les pyramides d'Egypte même si elle ne les avait jamais vues autrement qu'en photo !

Elle en savait bien plus que tout le monde sur les plantes médicinales ou les huiles essentielles... même si elle ne les utilisait jamais !

Elle en savait tellement sur la science, l'anatomie et la nature humaine que son voisinage même prêtait attention à ses conseils.
Mais ce qui lui plaisait le plus c'était de chiner de vieux livres dans les brocantes ou les vides greniers.

— D'ailleurs, où ai-je mis le dernier que je me suis acheté ? se demanda-t-elle.

Sa maison se composait d'une pièce et d'un cabinet de toilette, mais ce studio abondait de vieux objets récupérés au gré de ses trouvailles. Statuettes, petites

œuvres sous cloches, gravures et vieux vinyles se gaussaient fièrement aux côtés des œuvres littéraires.
A l'opposé de la bibliothèque : son lit paré de draps fleuris s'échinait à égayer la pièce, tandis qu'une nappe d'un coton blanc immaculé recouvrait la minuscule table de sa demeure.

Jeanne n'avait plus de famille et n'avait pas eu d'enfant, elle avait bien eu un amoureux jadis mais il était parti un jour et depuis les nouvelles s'étaient espacées jusqu'à ne plus laisser qu'un vague souvenir.
Du coup elle n'en avait pas eu d'autre, et continuait à chérir ces instants comme si demain il pouvait revenir...
C'est pourtant bien agréable d'être amoureuse ! Elle avait été jolie en son temps et l'était encore par moment quand elle mettait de longues robes et coiffait ses cheveux blancs.

— Où ai-je mis ce livre bon sang ! répéta-t-elle.

Ils s'amoncelaient sur les étagères, ne laissant que peu d'espace pour lire leurs couvertures. Il y en avait des grands, des petits, des longs des courts, des lourds et surtout des disparus, dissimulés dans les recoins et derrière les larges tranches des encyclopédies.

— Ah te voilà ! S'exclama-t-elle fièrement en saisissant un épais livre couvert de cuir rouge et dont les pages à tranche dorée donnaient un air luxueux.
Il lui avait tout de suite plu, et forte de cet engouement elle l'avait acheté sans même l'ouvrir…

Comme il n'y avait pas de titre sur la couverture, et qu'elle ne l'avait pas feuilleté ce serait donc une lecture surprise. Et ça Jeanne en raffolait. D'autant plus que le brocanteur avait amplifié le mystère en lui expliquant l'avoir découvert dans une vieille malle de matelot.

Chapitre 2

Elle l'ouvrit avec délicatesse et lenteur, presque cérémonieusement...
Pour Jeanne les mots étaient des cadeaux, des sentiers d'encre menant aux méandres de son imaginaire. A la lecture des premières lignes, elle sut tout de suite ce qu'elle avait en main : Un carnet de voyage, un journal de bord...
Sur ces pages, s'étalaient les aventures véridiques d'un navigateur au temps des colonies.

Le livre n'était pas imprimé mais écrit à la main, très probablement à la plume d'oie, comme en témoignaient les petites taches sombres mouchetant le récit.
C'est ainsi que prise dans sa lecture, Jeanne ne vit plus le temps passer.

Agénor de Largeris écrivit en son temps dans le journal de bord de sa Goélette :

« Le temps clément met les hommes en joie en ce 2 mai de l'an de grâce 1703 nous partons du port de Recouvrance pour les Caraïbes...

Nous avons reçu la bénédiction du roi de France et de Navarre Louis XIV, le royaume de France est à feu et à sang, le Maréchal Montrevel par ordonnance du Roi impose la destruction de 31 paroisses et fait démolir 466 villages du haut pays Cévenol pour isoler les camisards. Il y a des conflits de toutes parts, c'est la guerre civile. La haute bourgeoisie affame le peuple, je ne puis supporter de voir cela je prends la mer pour les îles de Guadeloupe pour faire du commerce d'épices, cela vaut mieux que l'armée... Bientôt ce sera la révolution c'est sur... »

Déjà plongée dans l'époque d'Agénor de Largeris, Jeanne se laissait peu à peu emporter par les mots. Voguant au rythme des lignes comme la goélette sur les flots.

Et dans ses yeux happés par les petits caractères, se dessinaient les voiles triangulaires du mât de misaine et du mat d'artimon.

Comme ce capitaine, Jeanne, venait d'embarquer pour un périple au long cours et du port de Recouvrance entamait son voyage... Baghera ronronnant sur ses genoux...

Au fil des pages les journées d'Agénor défilaient. Il passait de longues heures à la barre scrutant l'horizon, et décrivait avec passion le quotidien des hommes et les rêves des matelots.
Comme eux, il se voyait déjà riche avec toutes ces merveilles qu'il allait rapporter des îles. Malgré son jeune âge, son ambition et sa connaissance de l'océan lui avait valu ce poste de capitaine.

Un ami armateur lui avait confié ce voilier sans la moindre hésitation, il était ambitieux mais responsable et conscient des dangers, Il faut être aguerri et très attentif pour naviguer sur les océans et Agénor l'était ...
Un capitaine ne doit rien laisser au hasard car les tourments de la mer sont nombreux. Il l'avait aidé à affréter ce navire, à choisir et recruter ses matelots. Ils l'avaient chargé d'autant de vivres que possible et surtout d'eau douce.

Tous les soirs, Agénor étudiait la carte, s'orientait à la boussole et au sextant, regardait le ciel vérifiait les étoiles. Dans sa cabine sur un grand bureau en merisier, s'étalait une carte nautique, succincte certainement à cette époque mais indispensable. Elle lui communiquait de précieuses informations grâce auxquelles il ajustait sa route.

Il annotait souvent en marge de nouvelles découvertes ou des informations importantes sur les bancs de sables ou les récifs qu'il rencontrait.

Jeanne imaginait ce jeune homme à la carrure imposante et aux muscles saillants à la proue du navire, observant les vagues, repérant les hauts fonds, évitant les pièges, analysant le frissonnement de la surface et calculant les vents.

Agenor enfant
SB

Les vagues qui l'éclaboussaient par moment faisaient boucler ses cheveux blonds, et ce mois de mai clément rendait ses premières semaines en haute mer enivrantes. Ses yeux verts rougis par le soleil brûlaient quelques fois, alors il se protégeait sous son chapeau de capitaine.

Chaque jour Agénor décrivait les rencontres avec les dauphins, les orques et les baleines partant vers leurs lieux de reproduction et les oiseaux en pleine migration qui faisaient parfois escale sur le pont.

Agénor décrivit longuement l'albatros qui durant plusieurs jours survola la goélette déployant ses larges ailes au-dessus de la vigie.

Jeanne tournait les pages, avide de ce voyage qu'elle vivait grâce à lui.

Elle imaginait le scintillement éblouissant de l'eau, entendait les craquements du bois du bateau au gré des assauts des vagues et ce roulis régulier qui berce et qui endort. Elle sentait l'odeur du cuir chauffé au soleil, la sueur des marins, et sur le bout de la langue, salés et éphémères, elle goûtait presque aux embruns.

Des jours, des semaines et des mois passèrent. Répétitifs et insolents. Seule au milieu de nulle part, la goélette, semblable à une coquille de noix qui tour à tour fendait les flots ou virevoltait, fragile, au cœur des tempêtes.

Dans son journal de bord Agénor relatait consciencieusement tous les évènements, et dans l'art de tenir sa plume, Jeanne devinait le temps qu'il faisait. Lorsque les caractères étaient ronds, propres, le soleil éblouissait le navire et le vent le poussait avec douceur. En revanche, les caractères disproportionnés et irréguliers se faisaient le témoignage d'une météo houleuse et de violents à-coups.

L'euphorie du départ fit bientôt place à l'impatience de l'arrivée, mais arriver où ?

Ils avaient fait du cabotage le long des côtes françaises puis étaient passés au large du Portugal pour traverser l'atlantique. Agénor avouait à demi— mots qu'il espérait découvrir de nouveaux territoires, de nouvelles terres auxquelles il pourrait donner son nom...

Avec les mois qui passaient les vivres se faisaient de plus en plus rares et les rations de nourriture comme celles d'eau devenaient chaque jour plus pauvres. Il n'y avait pas une île à l'horizon, pas un lopin de terre, pas même un autre voilier...

Depuis six mois déjà Agénor relatait la chaleur accablante. La fatigue de ces longs mois en mer se ressentait aussi sur l'équipage à fleur de peau. Les disputes éclataient entre les matelots, et la fièvre parfois se saisissait de l'un d'entre eux. Mais Agénor restait confiant en regardant chaque jour sa carte, calculant et ajustant constamment sa direction.

Un jour sans vent, alors que les vagues faisaient violemment ballotter le bateau, il fallut abattre les voiles et subir la houle et le roulis...
« Les hommes sont tous malades. Moi aussi, cette houle est insupportable, elle nous remonte l'estomac et le cœur pourvu que ça s'arrête vite... » Écrivît Agénor dans son journal d'une écriture maladroite.
Il décrivait malgré le mal de mer combien il était difficile de tenir debout...et d'écrire aussi... A bien y regarder, les taches d'encres se faisaient plus nombreuses. Les ratures aussi...
Ce calvaire dura trois jours et trois nuits ! Le navire semblait se tordre à se rompre... Montait descendait au gré des vagues... Jeanne grâce au récit du capitaine percevait dans le lointain, le craquement sourd de la

coque broyée par les flots. Le navire aurait pu se briser, pris par la violence des assauts lorsqu'enfin, au petit matin du quatrième jour le doigt tendu vers l'horizon un matelot hurla :

— *Terre, terre… à bâbord…* Le doigt tendu vers l'espoir…

— Cette île n'est pas sur ma carte ! C'est une aubaine nous sommes sauvés ! Annonça Agénor.

— Choquez le foc, nous allons nous approcher de l'île au plus près et mettre la chaloupe à l'eau.

— Larguez l'ancre, hurla Agénor.

L'énorme ancre, dans un bruit sourd, ralentit ce géant des mers et le laissa là comme une bête endormie.

Chapitre 3

Sur le pont l'effervescence faisait plaisir à voir.
Comment raconter la joie de l'équipage sur cette plage ?

— Ils sont comme des enfants ! relate Agénor

Ils courraient sur le sable blanc immaculé en riant et dansant, remerciant le ciel à genoux pour certains.
Mais le capitaine restait méfiant. Cette île inconnue pouvait être un repère de corsaires, habitée par des cannibales ou simplement peuplée d'indigènes agressifs, sauvages...qui sait ?
Reprenant son sang-froid, Agénor sépara l'équipage en deux groupes.

Le premier resta sur la plage, surveillant le navire, Le second, mené par son capitaine prit la direction de la jungle afin de trouver une source d'eau douce et de possibles denrées.

Ils s'enfoncèrent peu à peu dans une nature dense, vierge et luxuriante.

On entendait les coups de machettes, le pépiement étrange d'oiseaux dérangés, dont les couleurs vives tranchaient avec celles des mouettes et goélands que les marins avaient pris l'habitude d'observer. Ils se frayèrent un passage et progressèrent lentement dans cette jungle.

Mais soudain d'une main levée Agénor fit stopper la progression. Il avait entendu de l'eau couler. Le groupe bifurqua orienté par le clapotis régulier et soudain déboucha sur une cascade magnifique. Haute d'une dizaine de mètres au moins elle était douce, claire et fraîche... Ce bassin où l'écume blanche des remous se mêlait à l'eau turquoise était une véritable aubaine pour ces marins assoiffés et épuisés.

Durant la scène de liesse qui suivit cette découverte, les hommes se jetèrent à l'eau, buvant et pleurant tout à la fois, remerciant le ciel de cette faveur.

Après avoir rempli l'intégralité des barriques asséchées du navire, Agénor pris la décision d'entamer l'ascension de l'île afin de trouver de quoi se nourrir. Dans cette jungle à la végétation épaisse ils découvraient des fruits originaux que leurs papilles goûtaient pour la première fois. Grace aux descriptions faites par Agénor, Jeanne reconnaissait les mangues, les papayes, les corossols… autant de fruits juteux qui leur permettraient de subvenir à leurs besoins jusqu'à la fin du voyage.

Captivée par le récit, Jeanne n'avait pas vu la pluie au dehors se transformer en orage. Elle n'avait pas même frémi lorsque le tonnerre avait retenti. Ce n'est que lorsque ses volets se mirent à battre la mesure qu'elle leva enfin les yeux du livre rouge. A grandes enjambées, elle fila à la fenêtre, prête à préserver de toute casse ses jolis volets bleus. Mais, alors qu'elle l'ouvrait, une violente bourrasque s'engouffra chez elle.

Les papiers posés sur la petite table tourbillonnèrent, la nappe rabattit ses pans et le journal de bord, qu'elle avait laissé sur l'accoudoir tomba brutalement. Jeanne hébétée tout d'abord resta sans bouger au cœur de cette mini tornade qui balayait sa demeure. Puis reprenant ses esprits, elle vola au secours du récit d'Agénor, inquiète de son état après cette violente chute.
Elle s'en saisit avec un soin tout particulier et feuilleta les pages, scrupuleusement afin de s'assurer de leur état. Le vent avait fait plus de peur que de mal. Pourtant

elle constata avec tristesse que la reliure de la dernière page avait été endommagée.

Alors qu'elle s'apprêtait à réparer d'un point de colle le dégât, elle constata qu'un autre document semblait être dissimulé sous la reliure.

Étonnée, elle tira et le décolla délicatement du fond...

Chapitre 4

C'était une carte ! La carte d'une île gravée à la pointe et au charbon de bois.
Confectionnée dans ce qui semblait être de la peau tannée, elle ne donnait que peu d'informations. Il n'y avait pas de légende... Apparaissait simplement les contours d'une île et une croix rouge à l'extrême droite de celle— ci. Elle semblait indiquer la pointe d'un piton rocheux.

Reprenant ses esprits, elle regarda autour d'elle, tout était chamboulé, les coussins soigneusement posés sur son lit étaient épars, les papiers posés sur son bureau jonchaient le sol, Baguera s'était blottie dans son gilet gris et ne ressortait pas sa tête malgré l'accalmie !...
Jeanne regarda tour à tour le livre qu'elle avait machinalement posé sur la table et la carte dans ses mains.

Une fois la surprise passée, elle se souvint qu'Agénor avait fait escale sur une île qui n'était pas répertoriée sur sa carte marine.

Perplexe, Jeanne fouilla quelques instants dans sa bibliothèque et finit par extraire une carte du monde. D'ordinaire, elle s'en servait pour identifier les lieux exacts des actions de ses personnages de roman.
Mais aujourd'hui, le sérieux était de mise. Elle traça le chemin approximatif déjà parcouru par le navire, et tenta de calculer sa vitesse...

Agacée Jeanne tira sa chaise afin de pouvoir atteindre les étagères les plus hautes. Il y avait là une vieille encyclopédie qu'elle tenait de ses parents et qui regorgeait d'informations.
Elle retraça le chemin approximatif déjà parcouru par le navire et tenta de calculer sa vitesse...

Agénor s'était— il perdu en atlantique ? Cette question la hantait...

Les heures défilaient. Jeanne prit le temps de se servir une tasse de thé. Elle tenait dans ses mains frêles, la jolie tasse blanche à petites fleurs en porcelaine de Limoges. La boisson la réchauffa tout de suite. Elle but délicatement à petites gorgées ce précieux nectar

qu'une amie lui avait rapporté d'Asie. Sur la table, la carte était grande ouverte.
Durant une heure elle examina l'océan Atlantique à la recherche d'un rocher, d'un petit point dans l'immensité du bleu...

Malgré ses recherches, elle ne parvenait pas à trouver la fameuse île où Agénor avait accosté. Elle refit les calculs et les refit encore sans succès, les éléments décrits étaient trop vagues et la tempête avait duré si longtemps que le sextant d'Agénor avait pu se dérégler...

Mais que voulait dire cette croix rouge ? Y avait— il à cet endroit...

Un village ?

Un Danger ?

Un trésor ?

La nuit était tombée lorsque Jeanne pris la décision de remettre ses recherches au lendemain.

Après un repas frugal, elle s'allongea sur son lit et encore emplie d'émotions finit par s'endormir.

Ses rêves furent ponctués de vent, de vagues, d'odeurs de bois et de sel… Elle revécu 100 fois son aventure, la tornade, la surprise…

Au petit matin, c'est promptement qu'elle sauta dans ses chaussons, avide d'aventure ! Elle était bien loin de l'ennui quotidien.
Après avoir passé plusieurs heures à feuilleter cartes et encyclopédies Jeanne n'avait toujours pas résolu le mystère.
De plus en plus intriguée elle reprit le journal de bord bien décidée à en savoir plus.

Au fil des pages, Agénor décrivait les plantes, la nature luxuriante, les fleurs énormes ou minuscules, un biotope étrange qui lui était inconnu.
Il se méfiait des plantes urticantes qui faisaient monter la fièvre et dont la douleur insupportable irradiait les membres. Il était captivé par les plantes carnivores qui se refermaient irrémédiablement sur leurs petites proies volantes ou rampantes.
Il était sidéré par la beauté de ces fleurs qu'aucun autre homme n'avait eu déjà le loisir d'observer. Certaines déployaient des pétales en corolle de porcelaine ou d'autres ressemblaient à des oiseaux.

Agénor relatait dans son journal leur progression au cœur de l'île et Jeanne suivait avec intérêt leur épopée en notant toutes les étapes et détails importants. Après une ascension de plus de deux heures, la nuit menaçant, l'équipage mené par Agénor trouva refuge dans une grotte… Elle tourna une nouvelle page puis plus rien… Toutes les autres pages étaient blanches…

Elle relut la dernière phrase

– En ce 4 septembre de l'an de grâce 1703, nous avons atteint l'extrémité de l'île, nous avons trouvé une grotte, il règne dans ce lieu une atmosphère étrange… et puis plus rien… les autres pages étaient toutes blanches…

C'est incroyable se dit Jeanne ils sont rentrés dans cette grotte et Agénor n'a plus rien écrit… pourtant le livre est là. S'il leur était arrivé malheur le livre ne serait pas dans mes mains ! Quelqu'un l'a bien rapporté !

Le téléphone sonna la tirant de sa torpeur et Jeanne reconnut tout de suite la petite voix pétillante à l'autre bout de la ligne.

Maria et elle étaient inséparables, durant près de quarante ans, leur amitié n'avait fait que croître et l'une comme l'autre, sans famille et sans amant trouvaient réconfort et courage dans cette fusion amicale.

— Coucou jeannette s'écria Maria,

— Tout va bien ? Ça fait des jours que je ne t'ai pas vue !

— Oui, Mais, euh... il m'arrive juste un truc incroyable ! Tu ne vas pas me croire... Et Jeanne surexcitée et intarissable raconta son aventure.

Quand elle eut fini, elle se rendit compte que son amie était restée sans voix...

— Tu es toujours là Maria ? s’exclama Jeanne

— Euh…oui…oui mais tu te rends compte de ce que tu me dis ? Si je ne te connaissais pas je dirais que tu as abusé du champagne hier soir !!!

— J'arrive si tu veux bien ! Je viens t'aider, moi aussi je veux en savoir plus!

Maria était une petite rousse d'une soixantaine d'années, ses cheveux bouclaient naturellement comme un mouton, ses taches de rousseur et ses petits yeux bleus la faisait ressembler à ces poupées de porcelaine des temps anciens qu'il ne fallait surtout pas laisser tomber.
Toute fluette et guillerette, elle était d'un caractère placide et enjoué. A cause de sa petite taille elle semblait être restée prisonnière de son corps d'enfant.

Elles s'étaient rencontrées un jour de marché au village. Maria prise d'un malaise à cause de la chaleur s'était appuyée sur l'étalage d'un marchand de fruits, celui— ci sous son poids s'écroula, les oranges, pommes et pêches dévalèrent la rue escarpée et pavée du petit village perché ! Toutes les personnes présentes s'étaient mises à courir pour les rattraper. Jeanne avait réanimé Maria et après l'angoisse du malaise elles rirent et ne se quittèrent plus, partageant les bons et les mauvais moments.

Les deux amies se retrouvèrent à l'heure du thé, Jeanne toute à son émotion expliqua à Maria ce qui lui était arrivé. Au bout de quelques minutes, curieuse, son amie extirpa une tablette de son petit sac à main et demanda :

— Tu n'as rien trouvé sur internet ? demanda Maria

— Non je cherche depuis hier soir… mais il n'y a rien…rien du tout.

— As— tu essayé avec le nom : Agénor de Largeris ?

— Mais que je suis sotte je me suis polarisée sur l'île et je n'ai pas pensé à taper son nom !

— Regardons !

En quelques clics agiles, Maria fit apparaître sur l'écran le jeune et beau Agénor de Largeris. Ce n'était pas une photo bien sûr mais un Croquis issu d'un appel à témoin que le père d'Agénor avait fait diffuser pour retrouver son fils…
La biographie était succincte né en 1674 à Recouvrance d'un père armateur et d'une mère couturière. On relate

qu'il était parti pour les îles de Guadeloupe et jamais revenu…

— Il n'est peut— être pas mort ! s'exclama Maria.

Elles éclatèrent de rire.

— Il aurait …344 ans seulement !!! répondit Jeanne.

— Et si nous allions à la Bibliothèque nationale de France ?

— A Paris ?

— Heu… bien oui ! Il y a des ouvrages anciens, nous pourrions trouver quelque chose !

Les deux amies se regardèrent en souriant, il n'en fallait pas plus. Dès le lendemain elles sautaient dans le TGV en gare de Marseille.

La Bibliothèque nationale est un lieu impressionnant, Jeanne qui vouait une passion dévorante aux livres était subjuguée. Les pièces aux voûtes centenaires étaient un sanctuaire d'œuvres, de vestiges et de passion que l'encre seule parvenait encore à retenir. Pareil aux souvenirs, il émanait de cette pièce une aura presque palpable que les feuillets malléables laissaient échapper. L'odeur enivrante des livres envahissait la pièce,

hypnotisait les lecteurs jusqu'à les plonger au cœur de l'histoire.
La bibliothécaire, sévère dans son tailleur de lin ne tarda pas à se prendre d'intérêt pour le récit des deux femmes et après quelques minutes Jeanne et Maria la virent revenir avec un chariot rempli d'ouvrages. Il y avait des livres de géographie marine de l'époque, mais aussi des récits et des journaux de bords d'autres navigateurs du 18ème siècle.

Après deux heures de recherche chacune de son côté, elles découvrirent qu'il était possible qu'Agénor ait tellement dérivé de sa route qu'il soit arrivé sur une île inconnue à l'époque mais appelée de nos jours « L'île aux sources »

« Cette île, de l'archipel des petites Antilles située à 38 km au sud— est des côtes de la Guadeloupe Continentale a une superficie de 108 km^2 en fait la quatrième plus grande île des Antilles Françaises, juste après la Guadeloupe, la Martinique et Marie Galante » Lut Jeanne. Une petite île dans l'immensité des caraïbes, mais finalement si proche de leur but !

Elles comparèrent en détail les contours

— Oui on dirait bien que c'est celle-là ! s'exclama Maria

— Oui elle ressemble aux contours de la carte... Renchérit Jeanne.

— Si tu y vas... j'y vais ! dit Maria tandis qu'un air mutin se dessinait sur son visage...

Chapitre 5

Elles étaient tellement enthousiastes en repartant de la bibliothèque qu'on aurait pu croire que c'étaient deux adolescentes bras dessus bras dessous en escapade vers la liberté. Elles étaient si heureuses de leur sortie et de leurs découvertes.

Perdue dans la mer des caraïbes l'île aux sources était apparue certainement comme un mirage aux navigateurs, irréelle de beauté, une perle dans l'eau turquoise et translucide, un écrin de verdure bordé d'un halo de sable d'un blanc immaculé. Elles ne furent pas surprises que les marins en découvrant l'île soient subjugués et heureux comme s'ils avaient découvert le paradis.

Le retour fut chaotique à cause d'une grève SNCF Arrivées à Marseille, elles s'empressèrent de regagner leur voiture. Elles retrouvèrent leur village avec soulagement et se quittèrent épuisées mais heureuse de leur journée. Elles se donnèrent rendez-vous le lendemain matin pour continuer leurs investigations...

Jeanne n'eut aucun mal à s'endormir et cette fois ses rêves l'emportèrent sur cette île magnifique où elle s'imagina arpentant la jungle pour retrouver cette fameuse pointe rocheuse et cette grotte...

Driiiiing! Driiiing Driiiing! La petite sonnette aiguë tira brutalement Jeanne de son rêve. Il était 9h à peine et déjà Maria se tenait là. L'excitation semblait l'avoir complètement métamorphosée, et elle qui traditionnellement attendait, rabougrie devant la porte avait aujourd'hui une toute nouvelle prestance.

— Tu es tombée du lit Maria ou quoi ? S'écria Jeanne
— Nuit agitée lui répondit elle !!!
— Moi aussi je le reconnais !
— Alors on y va ? demanda Maria.
— On va où ! rétorqua Jeanne à moitié réveillée.
— Sur l'île, sur l'île ! il faut trouver cette grotte ! S'énerva Maria...
— Heu... je n'ai pas les moyens ! répondit Jeanne.

— Même en raclant les fonds de tiroirs ??? trouve des solutions ! quand on veut on peut !!!

— On se paie ce voyage toutes les deux ? c'est trop excitant ! Insista-t-elle.

Il ne fallut pas longtemps à Jeanne pour se décider, effectivement c'était trop tentant !

Ce qui fut dit fut fait ! Et c'est avec une joie intense que les deux femmes organisèrent leur départ pour la Guadeloupe : une île située dans les caraïbes entre le tropique du Cancer et l'équateur.

Il faisait une chaleur accablante en ce mois de février, la période la plus chaude dans les caraïbes malgré les alizés. Épuisées par le voyage de 11 heures et le décalage horaire de 6 heures, mais également par la moiteur de l'air, elles prirent le parti de se loger pour la nuit et se mirent en quête d'un hôtel.

— Complet ...complet !!! C'est incroyable tous les hôtels sont complets ! s'exclama Jeanne.

— J'en peux plus, répondit Maria, ça fait 2 heures que nous faisons tous les hôtels du coin... ! Marmonna Maria.

Tout à leur agacement elles n'aperçurent pas tout de suite le chauffeur de taxi qui garé au bord de la route s'était rapproché. Ce n'est que lorsque Maria éreintée s'assit sur sa valise avec un geste de dépit que l'homme les interpella :

— Mesdames puis- je vous aider ? Tenta-t-il.
— Nous cherchons un hôtel pour passer la nuit mais tout est complet en ville… dit Maria avec un geste las.
— Je connais une pension de famille sans prétention mais propre non loin d'ici, si vous voulez je vous y conduis !

Elles se regardèrent surprise avant d'opiner.
— Oh oui avec plaisir, nous sommes épuisées. Dit Jeanne
— Montez ! Je m'occupe de vos valises, répondit le chauffeur.

Elles s'installèrent avec un soupir de soulagement.
Le taxi sortit de la ville et roula quelques minutes puis s'engagea sur un petit chemin tortueux où la végétation à force de s'épaissir ne laissait plus place à un rayon de soleil… les deux amies se regardèrent maintenant un peu méfiantes…

— Quand arrivons— nous ? Demanda Maria sèchement.

Le chauffeur bougonna. Quelques minutes plus tard le taxi déboucha dans une clairière escarpée où trônait une jolie maison coloniale à colonnades de bois. La demeure paraissait accueillante.

— Voilà, nous sommes arrivés chez Madame Montlouis, s'écria— t— il content de lui !

En entendant la voiture un homme s'était levé vivement laissant son rocking-chair se balancer tout seul et revint armé d'un fusil... Il était Hirsute, trapu, vêtu d'un short et d'un tee-shirt taché de cambouis. La porte de la terrasse se rabattit avec fracas...

— Qui va là ? Hurla-t-il.

Le chauffeur sorti vivement de la voiture les bras en l'air, et balbutia,

— Bonjour Monsieur Montlouis vous faites toujours chambre d'hôtes ? Tenta— t— il

— Non...foutez moi le camp !

Décomposée Maria commença à haleter...

J'étouffe Jeanne ! J'étouffe ! J'ai des fourmis dans mes mains et j'ai la tête qui tourne...

Prise d'angoisse, elle s'allongea par terre, ses jambes ne la portaient plus...

Jeanne éventa son amie et lui releva les jambes pour l'aider à passer ce malaise.

— Hé ma petite dame ! Il ne Faut pas caner ici ! C'est chez moi !!!
— Calmez— vous vous voyez bien que mon amie ne se sent pas bien, on va partir mais patientez quelques minutes enfin… On ne vous a pas appris les bonnes manières !
Surpris par le ton de la passagère l'homme se ravisa, puis se radoucit.
— Pas ni problème dit-il en créole, excusez-moi madame, je vous ai fait peur… buvez, ça va passer… dit— il en leur tendant une bouteille d'eau fraîche, il s'était radouci tout penaud d'avoir été aussi désagréable.
Il est vrai que ce gaillard d'un mètre quatre— vingt— dix et de cent cinquante kilos était impressionnant !
Habitué à jouer de sa stature pour impressionner les gens qui pénétraient sur sa propriété, il avait été pris à son propre jeu.
— Je ne fais plus pension depuis que ma mère est morte, dit— il.

La nuit était tombée d'un coup ! Il était déjà dix-huit heures et les insectes nocturnes avaient remplacé le piaillement des oiseaux, le bruit de crissement était assourdissant.

— Bon je veux bien vous accueillir pour une nuit, pour une nuit seulement ! Histoire de me faire pardonner ! Sourit— il ! Mais il faudra me donner un coup de main, ce n'est pas un hôtel ici ! Ajouta— t— il faussement bourru !

Tout le monde éclata de rire, et l'atmosphère fut d'un coup plus convivial.

— Merci beaucoup dit Jeanne.

L'homme s'appelait Barnabé, métis aux yeux verts, âgés d'une cinquantaine d'années.

Il leur indiqua leurs chambres, simples mais joliment décorées de meubles de bambou et de tissus bariolés où se côtoyaient une jungle luxuriante et des animaux sauvages. Une moustiquaire pendait au plafond pour protéger des nombreux insectes attirés par la lumière.

Après avoir posé leurs valises et s'être un peu débarbouillées, elles redescendirent prendre le frais sur la terrasse. La vue était tout simplement magnifique. La maison surplombait la mer argentée où la lune se reflétait comme dans un miroir, Barnabé dont le franc parlé créole amusait beaucoup les deux femmes se révéla être bien plus gentil et prévenant que ce à quoi elles s'attendaient.

La soirée se passa donc tranquillement.

— Vous allez où demain ? demanda Barnabé de sa grosse voix.
— Nous allons prendre le bateau car nous voulons visiter l'île aux sources... Répondit Maria. Il y eu un blanc...
— Mais cette île ne se visite pas... c'est une réserve ! En plus il n'y a rien à voir ! rétorqua Barnabé.

On ne sait pourquoi, Jeanne lui raconta le réel but de leur voyage... Savoir ce qu'il était arrivé à Agénor de Largeris...
— De largeris vous dites ? J'ai entendu parler d'une Goélette qui avait été coulée sur une île voisine au temps des colonies...
— Je voudrais en savoir plus ! Où pouvons— nous avoir des renseignements sur cette époque ? demanda Maria.

— Il y a un musée et une bibliothèque à Basse Terre, vous trouverez certainement des informations. Moi j'ai entendu parler de cela par mon grand— père qui le tenait de son arrière— arrière— grand— mère qui avait été esclave...

Chapitre 6

Elles apprirent qu'à cette époque les Français et les Anglais se faisaient la guerre pour l'attribution des îles et surtout le commerce d'esclaves. Cette main d'œuvre gratuite était une aubaine pour les propriétaires de champs de coton ou de bananeraies.

En 1662 Louis XIII autorisa l'esclavage avec l'obligation de convertir les peuplades au christianisme. Le 28 mai 1664 Jean Baptiste Colbert fonda la Compagnie des Indes occidentales qui comprenait les Antilles.

Louis XIV en 1674 rendit la traite libre sur tout le territoire Africain. Le code noir fut promulgué à

Versailles, il se composait de soixante articles qui géraient la vie, la mort, l'achat, la vente, l'affranchissement et la religion des esclaves.

Ils étaient considérés comme des biens mobiliers. C'est ainsi que des jeunes hommes et jeunes filles étaient arrachées à leurs parents échangés contre des armes ou de l'argent, transportés dans les cales des bateaux négriers, étaient enchaînés durant des mois. Beaucoup mouraient en chemin, dénutris ou succombant à des maladies. Les rebellions d'esclaves étaient nombreuses mais ne menaient à rien, les mutins étaient tués pour servir d'exemples. On estime qu'entre 1650 et 1850 la France aurait importé 290000 esclaves en Guadeloupe. Et ce n'est que le 27 avril 1848 que l'abolition de l'esclavage fut proclamée grâce à Victor Schœlcher.

Le calme que venait chercher Agénor en partant pour les colonies n'était donc qu'un leurre pensa Jeanne, les îles n'étaient pas exemptées des combats et se révélaient souvent un butin de choix pour les troupes qui pillaient tant pour leurs ressources en eau et en denrées que pour leurs richesses, leurs épices et leurs hommes.

Le lendemain la décision fut prise de se rendre à Basse—Terre afin de consulter les registres. Barnabé intrigué par cette étrange quête fit même l'effort de les accompagner avec sa camionnette.

Au musée, elles rencontrèrent Monsieur Malmaison. Il leur apprit que la goélette d'Agénor avait été coulée par les Anglais alors qu'ils étaient en expédition sur l'île.
Un navire avait surgi le prenant par surprise.
La flotte anglaise était à ses dires redoutable et le navire d'Agénor, sans défenses n'avait pas fait le poids. Harponné et pillé, il avait été coulé au large de l'île aux sources.

Tandis que Monsieur Malmaison poursuivait son récit, Jeanne ne pensait plus qu'à Agénor. De son piton rocheux avait— il vu l'assaut auquel il ne pouvait répondre ? Combien d'hommes restés à bords avaient perdu la vie ce jour ? Avait— il tenté de répondre à l'attaque ? C'était un drame mais où était— il passé ?

— Il faut aller sur l'île Jeanne, il faut trouver la grotte dans laquelle les marins qui avaient débarqués se sont réfugiés... s'exclama Maria

— Moi j'ai un bateau, si vous payez l'essence je vous emmène sur l'île aux sources et je demande un droit de passage à mon cousin ! Pas ni problème ! s'exclama Barnabé !

— Formidable s'exclamèrent ensemble les deux amies !

— Nous irons demain, vous pouvez dormir à la maison c'est plus simple ! proposa Barnabé !

— Avec plaisir, merci Barnabé ! En plus nous sommes rassurées d'être accompagnées d'un homme grand et costaud comme vous ! Sourit Maria.

— Demain nous partirons au lever du soleil car il y a environ 70 miles pour se rendre à l'île aux sources.

Le lendemain matin à 5 heures tout le monde était prêt ! Et le goût de l'aventure avait gagné Barnabé. Aussi, c'est avec un plaisir non dissimulé qu'elles embarquèrent sur le petit bateau à moteur de leur hôte.

Une fois sur l'eau, l'air marin contrastait agréablement avec la chaleur des terres. Par petits souffles, les alizés rythmaient la traversée. Ponctuant de bien— être et de fraîcheur nos trois navigateurs. Enfin, la pointe de l'île apparut à l'horizon, et tandis qu'ils approchaient, Jeanne se remémorait l'émerveillement d'Agénor et de son équipage.

L’eau translucide ne dissimulait rien des fonds marins et sublimait plus encore les animaux qu’elles y voyaient. Une raie Manta, une tortue centenaire, et des bancs de poissons multicolores apparaissaient dans un remous de couleurs, laissant derrière eux le souvenir de leurs écailles miroitantes.

— C’est un enchantement s’exclama Maria !
— J’en ai vu des jolis paysages dans ma vie, mais là ! Quel paradis !
— Mesdames vous pouvez débarquer ! annonça Barnabé le bateau enfin immobilisé le long du ponton.

Maria et Jeanne sautèrent du bateau, elles n’en pouvaient plus d’attendre et partirent sur l’instant en quête de la cascade. Barnabé sur leurs talons harnaché comme un mulet, portait les sacs à dos avec les provisions.
Après une petite heure d’une progression difficile, comme pour Agénor et ses hommes avant elles, le bruit rassurant et régulier de la cascade se fit entendre non loin.
Le temps sembla s’arrêter de nouveau comme si le passé retrouvait le présent, Agénor avait décrit cet endroit formidablement bien !

« Alors que nous progressions dans la jungle nous entendîmes un bruit d'eau, j'ordonnais au groupe de s'arrêter afin d'écouter d'où venait le son de la cascade ! Nous débouchâmes devant une chute d'eau de 10 mètres de haut dont le débit bruyant faisait bouillonner l'eau, une généreuse écume blanche se déposait délicatement le long de la rive parmi les hautes herbes. »
L'eau transparente donnait envie de s'y plonger et surtout de la boire, il faisait tellement chaud. Comment résister à la tentation ? Comme les marins quelques décennies auparavant elles sautèrent dans l'eau sans même prendre le temps de retirer leurs vêtements...Ce moment leur paru délicieusement bon.

— Je ne sens plus mes douleurs ! Dit Maria.
— Je ne sens plus ma fatigue ! Dit Jeanne !
— C'est peut— être une source de jouvence s'écria— t— elle !
— Tu as raison ! Si on pouvait rajeunir de quelques années je ne suis pas contre ! répondit Jeanne en riant également. Toute à leur joie, Jeanne et Maria ne voyaient plus le temps passer...
— Mesdames si vous voulez essayer de trouver la grotte il ne faut pas tarder car la nuit tombe vite ici vous savez ! prévint Barnabé.

Sur ces mots, raisonnables, ils reprirent leur ascension, troquant presque instantanément la fraîcheur de l'eau contre la chaleur étouffante de la jungle.
L'ascension était difficile, Barnabé se frayait un chemin à la machette.
Après deux heures d'efforts intenses rythmés par les chants d'insectes et le bruissement inquiétant des fourrés, la petite troupe arriva au point culminant de l'île. Là encore, la description qu'en avait faite Agénor trouvait écho dans les yeux de Jeanne et Maria :

« *Nous arrivâmes exténués au sommet du piton rocheux, à nos pieds s'étalait un paysage fantastique, la verdure luxuriante des cimes, des arbres exotiques et l'immensité infini du bleu de la mer à 380°. Le soleil plongeant se reflétait dans l'eau si bien qu'un instant je cru qu'il y en avait deux ! Nous ne pûmes entreprendre la descente, il était trop tard, nous trouvâmes refuge dans une grotte non loin de là*. » Ecrivit Agénor dans son journal.

— Nous ne sommes pas loin de la grotte s'exclama Jeanne, ils n'ont pas eu le temps de redescendre comme nous !
— Effectivement il va falloir bivouaquer dit Barnabé.
— Bon trouvons cette grotte dit Maria, nous n'allons tout de même pas passer la nuit à la belle étoile !

Les recherches furent vaines, aux alentours point de grotte…

— Je vais faire un bon feu dit Barnabé, ça fera fuir les bêtes sauvages !

— Cherchons encore dit Jeanne, il a dit « non loin de là ».

Elles reprirent leurs recherches…

— Regarde Jeanne, on dirait ici que la végétation est moins dense prête— moi la machette s'il te plaît…

Effectivement, après avoir coupé des lianes et des hautes herbes, elle découvrit une fissure dans la roche suffisamment grande pour qu'un homme puisse se frayer un passage.

Chapitre 7

Barnabé leur apporta une torche. Elles découvrirent une grotte d'apparence peu profonde. Les murs lisses étaient par endroit recouverts d'une mousse épaisse au travers de laquelle suintaient de légers filets d'eau. Plus loin, une sorte de vasque creusée dans la pierre formait un réceptacle destiné à la recueillir.
— Tient ! C'est génial ça pour conserver de l'eau fraîche ! On dirait que c'est fait exprès... s'étonna Maria en étudiant l'objet sous tous ses angles.
— Mais je pense que ça a été fait par l'homme... regardez la grotte continue par ici répondit Jeanne...

Ils progressèrent à la lueur de la torche et débouchèrent dans une salle immense... les murs étaient taillés de fresques d'une beauté étonnante, des navires ornaient les murs en relief, les voiles gonflées par le vent semblaient réelles, les plis polis leurs donnaient de l'ampleur… on entendait presque les rafales du souffle !

— C'est une merveille ! s'écria Jeanne, béate d'admiration.
— Une découverte fantastique, s'étonna Maria.
— Incroyable... murmura Barnabé.

Ils progressèrent dans la grotte, les fresques plus belles les unes que les autres se mêlaient aux stalactites et stalagmites. En bas de chacune un coquillage était sculpté et des initiales apparaissaient ADL… Agénor De Largeris…

— C'est une découverte majeure ! Comme celle des grottes de Lascaux, c'est un trésor… dit Jeanne pensive et émue.
— Il a dû en passer des années ici ! Vous avez vu ce travail ! Des années je vous dis ! affirma Barnabé effaçant une larme d'émotion du revers de sa manche.

Ils s'enfoncèrent plus profondément encore dans cette grotte qui paraissait sans fin…
Ils aboutirent dans un goulet d'étranglement, il y avait une paillasse et un berceau creusé dans un tronc d'arbre, une cheminée encombrée de résidus de cendre, un bureau de fortune en bois, avec l'empreinte d'une

plume et le reste de cire d'une bougie presque totalement consumée, ainsi que la trace dans la poussière d'un livre ouvert...

Était— ce l'empreinte du livre rouge ?

Jeanne le sorti de son sac à dos religieusement et le posa sur la trace... c'était bien cela mais pourquoi Agénor s'était— il arrêté d'écrire ?
Machinalement elle tenta d'allumer le reste de bougie sur le bureau, et, alors que la petite flamme vacillait un doute l'assailli : Il n'avait peut-être plus d'encre ! Sa réflexion impressionna Maria.
— Est-il possible qu'il ait continué à écrire avec du citron ? Il y en a beaucoup sur l'île...
— Avec du citron... une façon de garder son secret... le citron ne se voit que si l'on passe une flamme devant la feuille de papier...
Prenant son courage à deux mains Jeanne passa une première page devant la flamme, suffisamment loin pour ne pas brûler le papier et suffisamment prêt pour qu'apparaisse l'écriture... Sous leurs yeux, des lignes d'écritures se dessinèrent... toutes les pages avaient été écrites avec du jus de citron par Agénor effectivement en manque d'encre... Une fois sec l'écriture était invisible à l'œil nu !

Des larmes coulèrent sur les joues de Jeanne, elle avait percé le secret du livre rouge… Son amour de la lecture et sa curiosité l'avaient emmené bien loin de chez elle et lui avait permis de découvrir des œuvres assurément inestimables… Quels moments merveilleux ! Quels souvenirs !
Mais deux questions restaient sans réponses…
Comment le livre lui était— il parvenu ?
Qu'était— il advenu d'Agénor ?
Elle trouverait certainement les réponses à ces questions en continuant sa lecture.
Avec la plus grande précaution, elles passèrent la flamme de la bougie sur toutes les pages restantes, au fur et à mesure apparaissaient des lignes, et des lignes, des trésors d'informations leur étaient enfin révélés.
Ils s'assirent à même le sol… Barnabé pragmatique avait rapporté les sacs à dos, organisé le campement, rudimentaire mais confortable. Le décor était irréel.

Jeanne repris sa lecture, elle apprit effectivement qu'Agénor avait vu son navire pris d'assaut, que les marins restés à bord avaient été massacrés… et ceux sur l'île contraints fuir.
Il s'était caché avec le reste de l'équipage durant des semaines, puis les Anglais ne trouvant plus rien à piller étaient repartis. Agénor avait alors commencé à sculpter

la roche pour passer le temps, son navire lui manquait tellement...

Ils ne savaient plus comment poursuivre leur voyage.

Un jour un navire passa au loin, ils firent un grand feu sur la plage pour prévenir de leur présence mais il vogua au large sans les voir.

Le désespoir ravagea le moral des hommes et au bout de plusieurs mois certains décidèrent de fabriquer un radeau pour partir, et c'est ce qu'ils firent...

Agénor refusa de les suivre, c'était suicidaire... Pensait—il. Il essaya de les dissuader mais les matelots ne voulurent rien entendre.

Le jour de leur départ Agénor écrivit ces mots...

« *Mes hommes sont bien décidés à partir, je ne pourrai malheureusement pas les retenir...*
L'un d'eux affirma qu'ils enverraient des secours quand ils toucheront terre et qu'ils reviendront... Merci mes amis, bon vent... Que Dieux vous garde ».

Il les regarda partir avec tristesse sur leur radeau de fortune.

Agénor continua ses fresques. Durant des années, il sculpta, cisela, polit la pierre à longueur de journée. Il ne sortait plus que pour pêcher, chasser et s'approvisionner en fruits de saison.

Les mois et les années défilaient, il perdit la notion du temps, ses cheveux et sa barbe s'étaient rejoints !

Un jour du haut de son promontoire rocheux, il vit arriver des embarcations avec des Africains à bord, ils avaient l'air affolés et exténués. Il les observait de loin avec sa longue vue, ils avaient dû fuir les exactions. Alors dans le doute et ne connaissant pas leurs intentions, il ne sorti plus que très rarement la nuit pour ne pas se faire repérer.

Une nuit, alors qu'il était parti chasser, il tomba nez à nez avec une jeune réfugiée qui cherchait sûrement de quoi se nourrir. Elle eut bien sûr aussi peur que lui mais n'osa pas crier.
« *Elle tomba à genoux en me voyant*, relata Agénor, *et me supplia de ne pas la tuer, je ne comprenais pas son langage mais en voyant ses yeux horrifiés, je compris qu'elle était terrifiée. Je fis en sorte de la réconforter, ne m'approchant pas d'elle, je lui souris, grâce à des gestes lents je lui fis comprendre que je ne lui voulais pas de mal, et que moi aussi j'avais échoué sur cette île. Peu à peu elle se détendit. Elle semblait jeune, environ 20 ans, elle était jolie avec son teint ébène et ses cheveux noirs rassemblés dans un fichu de coton qui n'était plus blanc.*

Quelques lambeaux de tissus recouvraient encore son corps. Je lui offris une mangue et de l'eau, elle se jeta dessus affamée et assoiffée. Je fus attendri par le jus coulant sur son menton. Je ne peux pas la laisser repartir, je crains d'être démasqué, en danger, ils prendraient possession de ma grotte… Comment faire ? Confia Agénor dans son journal.

Ils s'apprivoisèrent durant des heures, il lui fit comprendre qu'il ne fallait pas divulguer aux autres sa présence, il fut finalement enclin à lui faire confiance…

Chapitre 8

Mona

(En Afrique, janvier 1703)

Encore allongée sur sa natte à même le sol, Mona regarda ses frères et sœurs endormis avec tendresse. Aînée d'une famille de six enfants, il lui incombait pour soulager sa mère d'aller au puits chaque matin dès le lever du soleil.

Dans cette Afrique torride et desséchée, l'eau aussi précieuse que l'or est indispensable, vitale et salvatrice. Alors empreint d'un courage rare, elle s'extirpa sans bruit de la couche familiale.

Malgré une vie rude, naturelle et démunie, Mona aimait son village aux cases en terre battue et aux toitures de paille presque collées les unes aux autres formant un îlot dans l'immensité de la savane.

Le soleil pointa ses premiers rayons qui rasèrent les collines leur donna une couleur encore brumeuse aux teintes roses orangées.
La terre exsangue se crevassait, se craquelait depuis des mois, dégageant sous les pas de Mona une poussière cuivrée qui lui teintait ses pieds nus. Sa peau ébène ne craignait pas le soleil et ses cheveux frisés ramassés dans un morceau de coton bariolé lui protégeaient la tête et soulignaient ses yeux noirs. Elle était belle Mona du haut de ses 15 ans, fine et douce c'était le portrait de sa mère.
Ses parents élevaient quelques vaches plus maigres les unes que les autres mais qui une fois vendues rapportaient chaque année un petit pécule qui servait à continuer à survivre.
Elle emprunta le sentier, et se fraya comme tous les matins, un chemin dans les hautes herbes brûlées par le soleil. Elle entendit le bruissement des serpents fuyant les vibrations de ses pas sur le sol et le grouillement des insectes dérangés par cette promenade matinale.

Au loin dans l'étendue immense et vallonnée, elle perçut un troupeau d'éléphants se déplaçant nonchalamment, et un troupeau de gazelles, à l'affût du moindre grognement.

Elle était vigilante et se méfiait du moindre bruit elle aussi, mais tout était calme ce matin, tout allait bien, les félins déjà repus de leur festin de la nuit devaient être assoupis.

Mona fit allègrement les cinq kilomètres pour rejoindre le point d'eau en lisière de la forêt dense, sa calebasse sur la tête, heureuse de commencer une nouvelle journée.

Arrivée à une centaine de mètres, elle remarqua un attroupement. Des gens parlaient autour d'une charrette tirée par deux zébus.

De loin, elle ne distinguait que des formes humaines et entendait leur voix comme un brouhaha, elle s'approcha, une Mama portant un bébé dans son dos était là comme elle en quête d'eau.

Elle avança, les formes se précisaient, la charrette était entourée de barreaux certainement destinés à transporter du bétail.

Mona continua d'approcher, le groupe l'aperçut, les cent mètres qui lui restaient encore à parcourir lui permettaient maintenant de voir distinctement quatre hommes blancs, une femme en boubou rouge tenant un autre enfant par la main et des chèvres autour du puits.

Elle avança confiante. C'est quand elle vu dans la charrette des gens assis, enfermés, prêt à être emportés qu'elle comprit...
Mona fit volte— face pour partir, s'enfuir le plus vite possible, la calebasse se brisa à ses pieds comme son cœur certainement ce jour— là...

Elle courut aussi vite qu'elle put mais une grosse main s'abattit sur son épaule la projetant à terre.
— Viens ici négresse, arrête— toi tu ne vas quand même pas me faire courir avec cette chaleur ! Ordonna— t— il.

Elle ne pouvait plus bouger tétanisée par la peur, elle ne comprenait pas ce qu'il lui disait.
— Laissez— moi articula— t— elle en Bénéen.
— Désolé, j'ai une commande, un navire à remplir qui part demain alors fais pas d'histoire, tu viens avec moi, tu vas voire c'est beau l'Amérique...
— Elle est jolie, on va pouvoir en tirer un bon prix ! lança l'homme à un autre qui acquiesça.

Mona fut kidnappée, emmenée de force dans cette charrette, jetée sans ménagement, où d'autres déjà pleuraient. Elle se recroquevilla dans un coin, son cœur

battait la chamade, elle ne comprenait pas, elle regardait les autres effarée, les yeux exorbités.
Où l'emmenaient— ils ?
Six autres personnes étaient là assises par terre. Jeunes hommes, jeunes femmes arrachées à leurs racines à leur terre, à leur famille et emmenés de force vers Cotonou où les navires marchands et négriers faisaient escale avant de repartir pour livrer leur cargaison vers l'Europe et la Guadeloupe.
Ils furent enchaînés avec de lourds maillons qui entravaient leurs pas et leur bras.
Les bracelets de fer entamaient déjà ses chevilles et son sang coulait sur ses pieds nus, inondant la terre de son pays, de ses ancêtres, le berceau de l'humanité.

Chaque pas était une souffrance. Après une journée de route, une très longue journée de voyage durant laquelle Mona abasourdie par sa situation pleura pour la première fois. Elle prit conscience qu'elle ne reverrait jamais sa famille, son père, sa mère, ses frères et sœurs…
Elle était désormais seule en arrivant à Cotonou, Seule devant son destin, seule devant l'immensité de la mer qu'elle n'avait encore jamais vue et qu'elle découvrait

pour la première fois, seule dans cette foule grouillante qui ne la regardait même pas.
Monter dans ce navire gigantesque était sa seule option possible. D'autres avaient essayés de s'enfuir et de se rebeller...
Lorsqu'elle monta sur la passerelle poussée par ses geôliers à grand renfort de coup de bâton, une odeur âpre à vomir lui prit la gorge instantanément, une odeur indescriptible de sueur, de sang et d'excréments, effluves des voyages précédents. Elle l'imprégna au plus profond de son corps, au plus profond de son âme.
Ils furent stockés comme de la marchandise dans la cale à même le sol et attachés grâce aux chaînes à des crochets solidement ancrés dans les immenses poutres qui constituaient l'ossature du navire. Elle était attachée dans le ventre d'une immonde baleine carnivore.
Elle entendait des cris, des pleurs, des gémissements, des suppliques, le mélange d'un brouhaha inquiétant.
Ses yeux s'habituèrent peu à peu à l'obscurité. Elle put comprendre l'ampleur du chaos quand elle vit, des centaines de personnes là, assises ou allongées, terrifiées, tétanisées n'osant plus bouger comme de petites bêtes dans une boite d'allumette.
Une fois rempli, le ventre se referma, on s'agita sur le pont, le capitaine hélant ses matelots

— Larguez les amarres… hissez la grand— voile… hurla le capitaine.
— Larguez les amarres…se répéta Mona qui avait compris le sens de la phrase et pour la deuxième fois des larmes coulèrent de ses yeux.

Elle faisait maintenant partie de ces milliers d'africains en partance pour l'Amérique ou pour l'Europe qui ne reviendraient jamais sur leur terre.
Le code noir promulgué par Louis XIV en 1674 rendait la traite des noirs libre sur tout le continent Africain. Sa vie ne lui appartenait plus, elle était devenue une marchandise, sans droit, que l'on vend, que l'on achète, que l'on s'offre, que l'on se prête, de la main d'œuvre gratuite. Un être sans importance. La Compagnie des Indes avait emporté Mona.

Dans la cale entassée, les hommes séparés des femmes ne pouvaient communiquer qu'en s'appelant dans leur langage ce qui faisait enrager les matelots qui ne les comprenaient pas. Le roulis des vagues en fit tout de suite vomir certains, l'air vicié était atroce.

Recroquevillée dans son petit coin, Mona analysa la situation, il fallait qu'elle tienne, qu'elle évade son cerveau, en attendant de s'évader elle— même… Alors bercée par les vagues dans un demi— sommeil, elle revoyait sa savane Africaine, les yeux de son père, l'odeur de sa mère, elle pouvait presque les toucher parfois. Elle imaginait sa maman entrain de l'encourager, de la caresser et lui dire qu'elle l'aimait…

Le navire fendait les flots, imperturbable dans son habit de lin, de bois et de cuir. Il faisait chaud très chaud, si chaud…

Les vivres étaient restreints à un morceau de pain par jour et un peu d'eau. Les joues et le ventre de Mona s'étaient creusés, ses yeux s'étaient agrandis. Les jours et les nuits passaient toujours plus durs mais chaque jour survécu était une victoire ; elle perdit la notion du temps...

Quand les râlements cessaient, le gardien emportait le corps pour le jeter à la mer. Au fur et à mesure du voyage il y avait davantage de place…

Une fois par semaine, les esclaves montaient sur le pont pour la toilette. Le soleil éblouissait leurs yeux habitués à la pénombre et les rendait aveugles durant de longues minutes.

La toilette obligatoire à l'eau de mer rendait la balade difficile car les plaies et écorchures dues aux coups de fouets brûlaient au contact du sel.

Celui—ci en séchant engendrait des dermites à s'arracher la peau. Le séjour sur le pont, au lieu d'être bienfaiteur était au contraire l'occasion d'assister aux punitions infligées aux plus récalcitrants et aux funérailles de quelques— uns d'entre eux simplement jetés par— dessus bord.

Déjà quatre mois de voyage et par chance pas de tempête à l'horizon. Neptune devait veiller sur eux...
Un matin l'atmosphère du navire changea, on s'agitait sur le pont.
Mona entendit le capitaine donner des ordres.
— Choquez les voiles, nous allons accoster. Dit— il...

Ils allaient enfin retrouver la terre ferme.
Où étaient— ils ? Mona n'en avait aucune idée et de toutes les façons elle n'était jamais sortie de son village... et n'avait aucune idée du monde d'ailleurs.

Lorsque les esclaves furent débarqués, ils découvrirent un port immense et des quais bondés hauts en couleurs, des navires de toutes parts déchargeaient leurs marchandises, des sacs de café, des ballots de coton étaient échangés, des fruits dans des cageots s'amoncelaient...

Les charrettes de toutes parts se croisaient et leurs conducteurs hélaient les badauds pour qu'ils s'écartent. Des hommes notables endimanchés semblaient faire des affaires et des dames habillées de longues robes et de chapeaux plus extravagants les uns que les autres couraient après des enfants intrépides.
Dans ce joyeux capharnaüm, une fois descendus de la passerelle les esclaves, s'agglutinèrent près d'une estrade et durent passer les uns après les autres pour être présentés au public. Ils étaient mis aux enchères, comme des bovins, des chevaux ou des oies.
Une fois le tour de Mona arrivé, un homme la poussa pour qu'elle monte, il la fit tourner pour la faire admirer, il lui mit un doigt dans la bouche pour qu'elle l'ouvre afin de montrer ses dents saines. Elle ne comprenait pas ce qui se disait, elle avait peur mais compris qu'elle allait être vendue ou échangée contre de la marchandise. Finalement un homme paya le prix fort pour l'emmener, cinq dollars ! un très bon prix pour l'armateur. Elle était forte et jolie Mona.
Quand elle monta dans la calèche à côté de l'homme qui venait de l'acheter elle se dit que ça ne pouvait pas être pire que la cale du bateau, et déjà elle remerciait le ciel d'être en vie.

Chapitre 9

Les sabots du cheval claquaient gaiement sur les pavés du quai et cette musique entraînante accompagna la nouvelle page de sa vie qui commençait.

L'homme avait l'air gentil. Rond de partout, ses grosses joues rouges étaient soulignées par un collier de barbe noire qui rejoignait ses cheveux par de longues pattes. Ses yeux rieurs accentués par des sourcils épais égaillaient une bouche aux lèvres rouges et charnues qui s'ouvraient sur de belles dents, signe de richesse.
Le gilet de son costume trois pièces était un peu serré et l'avant dernier bouton prêt à craquer.

Lorsque la carriole passa le grand portail de la propriété et emprunta l'allée menant à la maison, celle— ci parue interminable à Mona.

Il fallut une éternité pour qu'enfin elle s'arrête devant les écuries. Tout de suite, un esclave en habit de travail vint l'aider à descendre et pris les autres achats que le maître avait fait en ville. L'homme lui fit signe de le suivre.

Robert Lomch, avait hérité d'une petite plantation de coton de son père en Caroline du sud et en avait fait un empire. Elle s'étendait sur plusieurs hectares et avait fait sa fortune. Mais Mona était destinée à autre chose que le travail des champs.
Lorsque la jolie porte de la maison haute comme un baobab s'ouvrit, une petite femme blanche comme de la noix de coco et aussi frêle qu'une hirondelle apparut. Elle était manifestement la femme de l'homme car il l'embrassa tendrement et lui présenta Mona. Ils parlèrent longtemps ensemble. Mona ne comprenait pas ce qu'ils disaient mais comme la dame avait l'air contente, Mona l'était aussi. Elle s'appelait Betty, elle lui fit comprendre qu'elle avait besoin d'elle pour s'occuper de la maison car elle était très fatiguée.

S'occuper d'une maison ? Il allait falloir beaucoup apprendre… Elle qui n'avait connu dans toute sa vie que sa natte dans sa maison familiale pour dormir à même le sol et n'avait que quelques branches de bananiers pour balayer la terre battue de sa case. Elle allait devoir découvrir ce nouveau mode de vie, ce nouveau monde…

Elle découvrit l'utilité de chaque objet en les dépoussiérant, apprit à laver le linge avec du savon qui sent bon, à le repasser et le plier en fonction des broderies, à balayer et nettoyer le sol avec une brosse en chiendent, à frotter les carreaux de devant et de derrière. Elle travaillait tout le jour et souvent tard dans la nuit.
Quand son travail était terminé, elle s'accoudait à la lucarne de sa chambre de bonne sous le toit de la grande maison et regardait la plantation de coton s'étaler à perte de vue. Elle était la seule à vivre dans la maison les esclaves de la plantation dormaient dans des baraquements de fortune un peu plus loin derrière les écuries et étaient surveillés par un gardien armé nuit et jour pour qu'ils ne se sauvent pas. Elle était fière Mona dans sa robe blanche et son fichu sur la tête.

Elle était bien mieux lotie que ses congénères qui travaillaient dans les champs car elle pouvait quand elle avait faim, chaparder un gâteau dans la cuisine ou finir un reste de potée en plus de sa ration.

Elle retrouvait parfois les autres pour chanter des négro spirituals autour d'un feu de camp que le maître autorisait car il considérait que s'était une saine distraction. Oui chanter plaisait à tout ce petit monde et leur donnait de l'énergie, c'était un défouloir, une façon de partager leurs peines, d'affirmer leur croyance en Dieu, une façon non violente de protester parfois et surtout de communier et de partager un moment.

Elle ne manquait de rien finalement Mona ! Juste de liberté… Car comme le chien de la ferme, elle ne sortait que quand on l'autorisait, une fois de temps en temps… Le temps passait, l'Afrique lui manquait, ses parents aussi atrocement mais sa nouvelle maison était jolie et ses patrons gentils.

Les jours s'assombrirent car un matin malheureusement, parti pour un tour de la propriété à cheval, Monsieur se brisa la nuque… Le personnel fut saisi d'effroi et Madame pleura dans sa chambre durant des mois. La plantation périclita et bien que les esclaves en souvenir d'un bon maître firent le maximum pour continuer à travailler comme il faut, Madame Betty n'avait ni la force ni les compétences pour diriger l'exploitation.

Alors avec beaucoup de peine, elle la vendit avec la maison les meubles, les esclaves et les animaux.

Quand la nouvelle famille arriva, on n'avait pas besoin de Mona à son grand désespoir. Elle pria, supplia, pleura pour la quatrième fois de sa vie mais un jour du mois de mai 1785 elle fut emmenée sur le port et vendue une nouvelle fois. Elle était jolie Mona et travaillait bien maintenant, elle valait cher…

L'enfer du bateau, l'odeur avant même de monter à bord remonta à sa mémoire, lui soulevant déjà le cœur comme un cauchemar qui revient irrémédiablement, auquel on ne peut échapper, un destin tout tracé…
Dans la cale du bateau qui l'emportait vers l'Europe, enchaînée une fois de plus, toutes les nuits, Mona imaginait le moyen de s'échapper, rêvait d'une occasion qu'il ne faudrait pas louper. Mais pas une île à l'horizon pas une escale. La mer à 380° et des vagues qui endorment les âmes dans leur bercement et qui font accepter l'inacceptable.

Elle observait les gardiens pour les connaître et les reconnaître, avait enregistré dans sa tête les temps de pose entre les tours de garde, les temps de repas, les temps de sommeil quand le bateau était calme.

Un jour au bout de son désespoir, au bout de ses forces, lors de la balade sur le pont, elle enjamba la balustrade prête à sauter par— dessus bord pour mettre fin à sa souffrance.
Un jeune esclave l'avait rattrapée de justesse et sauvée d'une mort assurée...

— Je suis d'accord avec toi, lui avait— il chuchoté à l'oreille plutôt périr que se soumettre mais attendons le bon moment... courage je te contacterais...

Une lueur d'espoir avait enfin brillé dans ses yeux ...
Leur échange hebdomadaire sur le pont à grand renfort de regards discrets, leur redonnaient courage, elle attendait le bon moment.

Une nuit enfin à l'heure de la relève, Mona vit arriver son ami, il avait assommé les gardiens et avait ouvert avec délicatesse la lourde porte en bois de la cale.
Les chaloupes avaient été mises à l'eau le plus silencieusement possible et les nuages qui obscurcissaient le ciel en passant devant la lune étaient de bon augure pour qu'on ne les retrouve pas.
Le cœur de Mona battait dans ses oreilles tellement l'émotion et l'angoisse étaient palpables.

Lorsqu'elle monta dans la chaloupe laissant derrière des mois de terreur elle se senti libre malgré les heures difficiles qui les attendaient. Elle le savait le pire était peut— être à venir...

Les chaloupes s'enfoncèrent dans la nuit noire laissant leur cauchemar s'éloigner avec les ombres de leurs bourreaux.
Ils dérivèrent pendant des jours, la seule gourde emportée avait été asséchée rapidement. Ils essayaient de lutter contre le sommeil tour à tour afin de surveiller l'horizon.

Puis un jour au petit matin, le doigt tendu un homme hurla en Bénéen, avec le peu de force qu'il lui restait...
Nous sommes sauvés...
Mona pleura pour la cinquième fois de sa vie mais sans larmes cette fois...

Ils avaient débarqué ne sachant pas où ils étaient sur une île magnifique, une perle dans la mer des caraïbes. Ils commencèrent par chercher de l'eau potable et trouvèrent la cascade miraculeuse comme Agénor quelques années au paravent...

Chapitre 10

Chaque jour Mona et Agénor se retrouvaient au pied d'un palmier connu d'eux seuls et s'apprenaient avec des signes et des gestes. Naissait entre eux un sentiment étrange qui leur était inconnu. Ils étaient attirés l'un vers l'autre irrémédiablement comme des aimants, un jour leurs lèvres se touchèrent…

Mona était agréable, gaie et drôle, malgré leur différence de langue ils se comprenaient.

Un soir elle ne voulut pas repartir pour retrouver son groupe, alors Agénor l'invita dans sa grotte pour la retenir.

En pénétrant dans ce lieu si étrange, elle exprima son étonnement par des petits cris de joie, elle courrait partout en riant, elle avait l'air contente et trouver toutes ces sculptures jolies…

Deux années plus tard…

Un matin, sentant ses forces diminuer à cause d'une atroce fièvre Agénor écrivit ces dernières lignes dans son carnet…

« Je pense que nous sommes en l'an de grâce 1745, je vais jeter une malle à la mer dans laquelle j'ajouterai mon carnet de bord, elle flottera et j'espère que quelqu'un grâce aux courants forts dans cette région du globe la trouvera un jour, je protège dans la couverture la carte de mon île, avec mon sang je trace une croix rouge afin que vous puissiez venir nous chercher, trouver cette grotte, mais surtout sauver Mona et Léo…

Vous qui me lisez…
Je vous offre mon œuvre…

Seulement, je veux que cette grotte reste un lieu de paix et de sérénité, je l'aime tant…

J'ai eu une vie riche, pleine et entière…je ne regrette rien… J'ai seulement peur d'abandonner ma femme et mon fils… »

Agénor De Largeris

Jeanne ne put réprimer un sanglot, ce livre était donc un cadeau qu'Agénor avait offert à la postérité, un présent pour celui ou celle qui ferait l'effort de le déchiffrer et de partir à sa recherche…

Barnabé avait écouté sans émettre le moindre son, il regarda Jeanne puis Maria, dans ses yeux un éclat mystérieux venait soudain d'apparaître…

— Agénor a donc eu un fils ? Demanda-t-il pour confirmation.

Un enfant est né de leur union ? Jeanne et Maria acquiescèrent de la tête.

— Léo ! s'écria Maria ! comme c'est beau…

Barnabé pourtant si gaillard tituba.

— Barnabé que se passe-t-il ? S'exclama Jeanne.

— Asseyez-vous mon ami, reprenez-vous, nous ne pouvons pas vous porter ! Ironisa-t-elle en face de cette montagne de muscles…

— Il s'assit sur la paillasse laissée là par Agénor et Mona, regarda le petit berceau…

Il réussit à articuler…

— On m'a raconté qu'une de mes ancêtres s'était échappée d'un navire venant d'Afrique, qu'elle s'était échouée sur une île inconnue et qu'elle était tombée amoureuse d'un Français réfugié là et qu'ils avaient eu un fils.

Elle a été recueillie un jour par un navire marchand et s'était finalement installée à Pointe à Pitre où elle avait trouvé un emploi de domestique dans une plantation de bananes.
N'en croyant pas leur oreilles Jeanne et Maria s'assirent à côté de lui et le regardèrent presque pour la première fois, il était métissé avec des traits fins comme les européens et de jolis yeux verts…
Bouleversés par cette découverte, ils restèrent un long moment, chacun perdu dans leurs pensées, assis là, admirant tour à tour les fresques, le bureau, le berceau et le livre rouge.
Les bateaux semblaient voler sur des flots improbables, où les vagues immenses et démentes les dépassaient et les engloutissaient dans leurs flots sacrés, par endroit dans cette jungle de pierre surgissait un pélican avec de larges ailes déployées emportant tous leurs espoirs.
Dans un petit coin de paradis un enfant avait été conçu. Dans cette grotte, dans cette chambre de la nativité où malgré l'adversité, la peur et le désespoir, un enfant était né, fruit de l'amour d'un capitaine Français naufragé et d'une esclave déracinée.
Est-ce possible que Barnabé soit l'arrière, arrière, arrière… petit-fils d'Agénor ? s'écria Maria.

Une lueur de malice passa dans les yeux de Jeanne, des recherches s'imposaient !
Une fois remis de ses émotions Barnabé se leva pour réactiver la torche. Son image dansa sur le sol, il était déjà si grand que l'ombre elle-même paraissait interminable, sa chevelure hirsute lui donnait des airs de farfadet et ajoutait au décor une impression irréelle.
Le vent chaud des alizés s'engouffra dans la grotte et fit vaciller la torche, les trois explorateurs sortirent de leur torpeur et décidèrent de passer la grotte au peigne fin.
Les objets fabriqués des mains de ses occupants étaient restés dans un état de conservation incroyable, seule la poussière accumulée témoignait des nombreuses années passées.
Ils furent regroupés et sur la table, s'amoncelèrent alors des récipients de bois patiemment ciselés au couteau dans du gaïac, ce bois si dur des caraïbes qu'il avait permis leur conservation. Des cuillères, des bols… Ils trouvèrent également des restes de toile qui provenaient certainement des voiles du navire d'Agénor.
Barnabé s'empressait de rassembler tout ce qu'il pouvait, il voulait savoir…il voulait comprendre…
Soudain Barnabé entendit un craquement, sous ses pieds…une trappe…

Elle avait été astucieusement recouverte par un amoncellement de bois, il ne fallut pas longtemps à ce gaillard pour débarrasser le plancher et la dégager.
D'un mètre carré environ... le trou était barré de planches épaisses jointoyées par de la glaise... ils se regardèrent.
Qu'allaient— ils découvrir ? Tremblante Maria s'écria !

— Ne devrait-on pas appeler les autorités ? C'est une découverte importante... heu... c'est peut-être dangereux ? Balbutia-t-elle...

Mais sans l'écouter Barnabé et Jeanne avaient déjà commencé à l'aide de la machette à faire levier pour soulever une planche... Les autres suivirent non sans mal car le temps et l'air marin les avaient soudés entre elles.
Au bout d'une heure, un trou béant s'ouvrait devant eux...
Un relent d'air confiné un peu moisi et salé aux effluves de racines leur arriva jusqu'aux narines.
Barnabé lança une pierre pour sonder la profondeur, il compta 1,2... 3 mètres de profondeur maxi ! s'écria-t-il

— Il faut une corde s'écria Barnabé, Maria Passez— moi celle qui est dans mon sac !

Maria s'exécuta avec un soupir de désapprobation…
Barnabé attacha solidement l'extrémité de la corde à une protubérance dans la paroi rocheuse et avec un simple regard de connivence à Jeanne il commença la descente.

— Vous pouvez descendre je vous attrape, ce n'est pas difficile lança— t— il à l'adresse de Jeanne, sachant pertinemment que Maria n'aurait pas le courage de les suivre !
— Oui je fais le guet s'écria Maria avec un soupir de soulagement !

Lorsque Jeanne toucha le sol de la cave, la lampe fit danser des éclats lumineux. Leurs yeux s'habituèrent progressivement à l'obscurité et découvrirent un amoncellement de coffres. Barnabé en ouvrit un premier, un millier de minuscules papillons en sorti, dansant comme par magie dans la lumière de la torche.
Il était rempli de lourds vêtements de velours, de draperies et d'une chemise à jabot que Jeanne souleva respectueusement, c'était une « bure où l'on voyait des constellations » S'écria jeanne émerveillée empruntant une phrase de Victor Hugo car le temps et les mites avaient eues raison de sa splendeur d'antan.

Ces vêtements étaient certainement ceux du capitaine Agénor de Largeris.
Il avait eu l'énergie de vider la cale de la goélette avant qu'elle ne sombre définitivement et certainement transporté à dos d'homme le peu de chose qu'il lui restait de sa vie de marin avec l'espoir peut être de s'en resservir un jour.
Barnabé ouvrit un autre coffre avec délicatesse, il était rempli de pièces d'or ! Un trésor... inestimable, sans aucun doute une fortune en louis d'or frappés de la croix de Malte et en jetons d'argent à l'effigie du roi Louis XIV.
Ils se regardèrent ébahis.
Maria de son côté trépigna :
— Alors ! Dites-moi ! Que voyez-vous ? Hé ho ! Ça va ? Qu'est— ce que vous faites ?
Revenant à la réalité ils s'écrièrent en cœur.
— Tu devrais venir voir Maria...
Poussée par la curiosité, elle s'exécuta et comme Tarzan dans la jungle avec un cri haaaaaaa ouuuuuuu, elle se laissa glisser le long de la corde, Barnabé l'accueillit dans ses bras avec un rire non dissimulé.
Maria resta bouche bée, Jeanne avait continué à ouvrir les coffres, la vie d'Agenor s'étalait devant eux...
Des coupes en argent, de la vaisselle, son sextant, ses cartes maritimes roulées dans des écrins de peau.

Judicieusement et inlassablement il avait mis son trésor et sa vie en sécurité tout en haut sur ce piton rocheux d'où il pouvait tout voir sans être vu.

Dans un dernier petit coffre, ils découvrirent son nécessaire de toilette, son miroir finement ciselé, sa lame de barbier et son peigne… avec un cheveu encore accroché… conservé par miracle.

— Ce coffre est le plus important de tous chuchota Jeanne… vous allez savoir Barnabé si Agénor est votre ancêtre…
— Comment cela répliqua-t-il ?
— l'ADN mon ami, l'ADN…
— Emportons juste celui— là proposa Jeanne, qui le prit avec précaution.

Ils refermèrent la trappe derrière eux, camouflèrent l'entrée de la grotte avec les branchages comme ils l'avaient trouvée. Ils effacèrent leurs pas marqués dans la poussière… on ne sait jamais...

Ils s'en retournèrent silencieusement par le chemin emprunté quelques heures auparavant étonnamment calmes, songeant chacun de leur coté à la suite à donner à cette découverte.

Il faisait beau, le vent chaud et léger des alizés fit voltiger les robes et les cheveux de Jeanne et Maria ainsi que leurs cœurs d'aventurières.

Un mois plus tard le courrier tant attendu par Barnabé arriva. Il avait bien un lien de parenté avec Agénor De Largeris.
Léo était bien son ancêtre...

Avec le trésor d'Agénor Barnabé acheta l'île et la grotte devint un musée visité avec admiration et respect par des touristes du monde entier.
Jeanne et Maria reçurent une coquette somme en remerciement et reviennent régulièrement passer des vacances sur leur île mystérieuse en compagnie de Barnabé...

FIN

Merci à mes proches pour leur douce attention et lecture :)

Dépôt égal 1RE publication octobre 2022

Librairie Générale Française

21 rue Montparnasse – 75298 Paris Cedex 06

Made in the USA
Columbia, SC
15 October 2022

69396744R00064